Du même auteur

Un terrible secret - Éditons BoD, 2016

Toute reproduction, même partielle, de cet ouvrage
est formellement interdite sans l'accord de l'auteur,
dans quelque forme que ce soit.
Tous droits réservés pour tous pays.

Dépôt légal : mai 2007
réédition : janvier 2017
ISBN : 978-2-32213-766-4

BoD éditions
12/14 rond-point des Champs-Élysées - 75008 Paris - France

Christiane Legris-Desportes

Jamais le Temps !

Illustrations : Sylviane Lausdat

ROMAN JEUNESSE

*Pour Charles et Louise,
ainsi que tous les enfants
dont les parents n'ont jamais le temps
(enfin, quand il s'agit de s'amuser!)*

CHAPITRE 1

Pauvre de moi !

Je ne sais pas pour toi, mais moi, mes parents, ils n'ont jamais le temps de rien.

Enfin, jamais le temps de rien, c'est une façon de parler. Ça dépend pourquoi. Comme par hasard, c'est toujours quand c'est moi qui leur demande quelque chose. Parce que si c'est pour leur travail, alors là, c'est différent.

Exemple, mon père à sa chef :

– *Mais oui, bien sûr, Laurence, pas de problème, je vais y travailler et je te termine ça pour lundi.*

Tu vois le genre, juste le jour où on devait aller au parc Astérix.

– *Une réunion demain soir ? Mais, Laurence, j'avais promis à Virginie… Euh, oui, tu as raison, je ne peux pas manquer cette rencontre, je viendrai.*

Alors, c'est Virginie qui sera sans papa pour son spectacle de danse.

Et Virginie, bien sûr, c'est moi. Virginie Bissan, bientôt dix ans et pas encore toutes ses dents. Mais je devrais plutôt te présenter d'abord Laurence-les-dents-longues, vu tout le temps que mon père passe avec elle…

Laurence : Madame De-chez-C'est-Toujours-Pressé, de son vrai nom Laurence Dechay. Elle est directrice Marketing De-chez-J'veux-vous-en-vendre-plus-des-shampooings et c'est la MECHE de mon père, sa **Maî**tresse **En CHE**f, quoi !

Enfin, elle n'est pas sa maîtresse au sens qui fait pleurer ma tante Christine : mon père, c'est différent de mon oncle, il n'est pas amoureux, il ne parle pas de nous quitter pour aller vivre avec Laurence (quoique de toute façon, vu le temps qu'ils passent ensemble au bureau, ça ne changerait pas grand-chose !). Je l'appelle comme ça simplement parce qu'elle est toujours en train de lui donner des devoirs, même les jours de vacances, et bien sûr, papa, il obéit. Un petit document à lire par-ci, deux petits bilans par-là, trois petites notes et puis papa s'en va ! Tu pensais peut-être que les notes, c'est juste tant qu'on va à l'école ? Eh bien non ! Quand on est adulte, on n'a plus de notes, mais à la place, *on fait* des notes : des documents très difficiles à écrire qui te demandent un temps fou. Mon père, c'est sûr qu'il prend ce genre de trucs bien plus au sérieux que moi, les devoirs ! Le pire, c'est qu'en fait, j'ai l'impression qu'il adore travailler à la maison, en tous les cas, nettement plus que de s'occuper de moi.

Calculer les ventes de shampooings de l'entreprise, il ne pense qu'à ça. Alors moi, rien que pour l'embêter, je me lave les cheveux avec du savon, et encore, c'est parce que je déteste être sale, sinon je ferais grève de lavage.

Jamais le Temps!

Ma mère, elle, c'est autre chose, mais ce n'est pas mieux. Tu en connais beaucoup, toi, des mères qui sont menuisier-ébéniste? Il a fallu que ça tombe sur moi! À l'école, quand on me demande sa profession, je n'ose plus le dire car à chaque fois, ils me font tous remarquer que c'est un métier d'homme. Déjà que je trouve que ma mère est trop souvent en pantalon, pas comme son amie Cécile qui est si belle, si bien habillée, avec du beau rouge à lèvres!

En plus, ma mère travaille à la maison... Je te vois venir avec tes gros sabots de cheval de bois ignorant: génial, alors, elle est souvent là, que tu te dis!

Souvent là, tu parles! Toujours là, oui.

Mais en dessous. Au sous-sol. Elle a réquisitionné le garage pour y installer son atelier. C'est sympa chez nous: interdit de garder trop de jouets car on n'a pas

Jamais le Temps!

assez de place pour les stocker. Et en hiver, avec notre pauvre voiture qui dort dehors, on est toujours en retard pour aller à l'école car il faut gratter le givre. Après, j'ai les doigts gelés pendant des heures. Quand je pense que pendant ce temps-là, ses grosses machines à bois nous narguent, bien au chaud!

Ma copine Marion, elle a trop de chance, elle. Sa mère est fleuriste, son père vend des voitures: eh bien, quand les boutiques ferment le soir, ils rentrent chez eux et sont VRAIMENT là, eux.

Parce que moi, mon gros problème, c'est que même quand ils sont là, mes parents, c'est comme s'ils étaient ailleurs.

Ma mère reste enfermée des heures et des heures dans son atelier, puis quand elle émerge enfin de son antre, elle pense encore à ses meubles. Et si j'ai le malheur de lui demander de jouer avec moi, oh, rien qu'un petit jeu très sympa et pas long, genre une partie de pouilleux massacreur, eh bien on dirait que je commets un crime de lèse-majesté! Quoi, alors qu'elle a justement un buffet Louis XVI à terminer, moi, petit sujet de rien du tout, je voudrais qu'elle perde de son temps précieux!

Je n'en peux plus d'entendre parler d'un côté d'essences de bois et de teintures, et de l'autre, de ventes de shampooings et de sondages.

Et les soirs, au moment de se coucher, je te laisse imaginer la scène. Toujours la même.

–Allez, s'il te plaît, papa, lis-moi une histoire, rien qu'une petite.

Jamais le Temps!

—Euh, pas ce soir, Virginie, je n'ai pas le temps, j'ai un travail à terminer. Et puis, je t'ai déjà dit que tu es bien trop grande pour ça, maintenant!

—Dis, maman, et toi, tu veux bien? Rien qu'une page... Un paragraphe! Un mot!

Je peux essayer tous les tons, du plus suppliant au plus autoritaire, rien n'y fait. Alors, pour me consoler, seule dans mon lit, je ne lis plus que des BD. Je choisis bien sûr celles qu'ils détestent, Titeuf par exemple.

Mais quand même, ce n'est pas drôle. J'en ai vraiment marre de tout ça.

Je voudrais qu'on s'occupe de moi. Qu'on m'écoute, qu'on me chouchoute, qu'on m'aime, quoi! J'en ai assez d'avoir l'impression de compter seulement pour mon chien Topie.

Comment fait-on pour devenir importante?
On fait de grandes choses.
On découvre un vaccin.
On sauve quelqu'un en train de se noyer.
On va sur la lune.
On arrête des terroristes.

Mais moi, je n'ai pas de laboratoire scientifique, je ne sais pas bien nager, je vomis en avion et je rate toujours ma cible aux tirs dans les kermesses.

Par contre, je sais bien faire le grand écart.
Réciter l'alphabet en rotant.
Choisir les habits qui vont ensemble.
Inventer de belles histoires et les dessiner.
Imiter ma grande sœur.

Jamais le Temps !

Mais ça, mes parents, ils ne trouvent pas que c'est important. Je crois même qu'ils s'en fichent complètement. De ça comme de tout ce qui me concerne d'ailleurs. C'est sûr que si papa pouvait me shampouiner avec des statistiques et maman me coiffer avec un rabot, là, ce serait différent.

Mais que veux-tu, je suis juste normale.
Tristement normale.

CHAPITRE 2

Un stratagème génial

Ça y est, j'ai trouvé !

Je sais ce qu'il faudrait pour que mes parents s'intéressent à moi ! Une solution tellement géniale que je me demande comment je ne l'ai pas trouvée plus tôt !

Ça sert d'être forte en maths ! Parce que les maths et la vie, finalement, c'est pareil : les adultes nous posent des problèmes, il faut trouver la bonne manière de faire, l'opération ou le raisonnement à appliquer, on y va, et puis, plus de problème ! Réduit à l'état de solution, le problème !

Tu vas voir un peu ma démonstration ! Admire le travail ! Bon, je sais, il ne faudrait pas devenir prétentieuse, mais tu vas reconnaître qu'il y a de quoi être fière de soi :

Mon problème à résoudre, c'est que mes parents n'ont jamais le temps de s'occuper de moi.

Jamais le Temps!

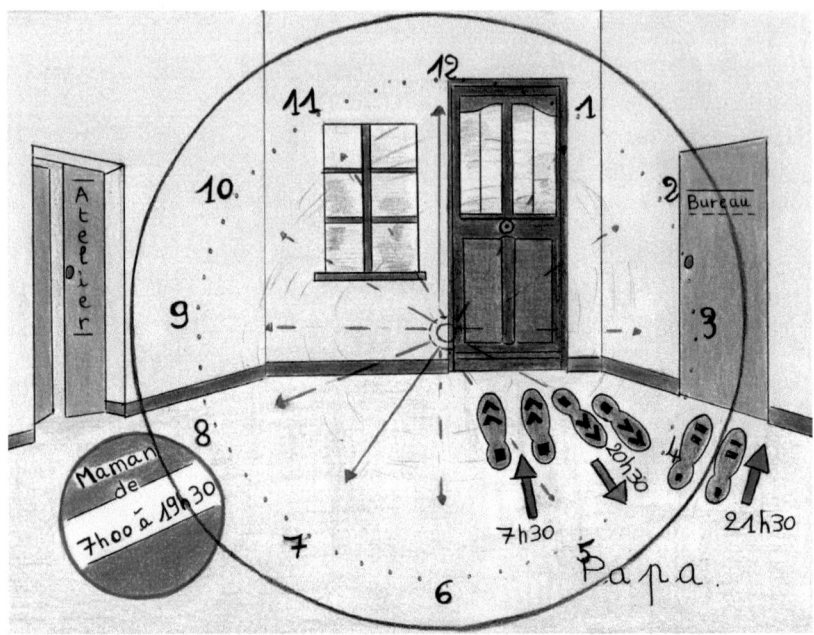

La bonne manière de procéder, elle n'existe pas. J'ai tout essayé, même d'avoir de super-notes à l'école et ça ne marche pas. Ils me disent :

– C'est bien, Virginie, continue.

Et puis c'est tout. Au mieux, ils m'achètent un cadeau. C'est sympa, mais ce n'est pas ce que je veux. Je peux être la fille la plus sage et la plus gentille du monde, ce n'est pas pour autant qu'ils font attention à moi.

Peut-être que si je faisais plein de bêtises, du genre me teindre les cheveux en vert fluo, là, ils me remarqueraient. Mais ce n'est pas qu'ils crient après moi dont j'ai envie. Ça, j'ai déjà largement ce qu'il faut ! Et puis, j'y tiens, à mes cheveux. Si c'est pour qu'après les copines et les copains me trouvent moche, merci bien !

Rien que d'imaginer ce qu'en penserait Romain, j'en suis malade !

Donc, pour en revenir à mon problème, j'ai réfléchi en prenant les choses à l'envers.
Et mon raisonnement, c'est que le problème, ce n'est pas moi, mais eux.
C'est eux qui n'ont jamais le temps de s'occuper de moi.

Donc, il faut qu'ils aient le temps.

Pour cela, bien sûr, la seule solution est qu'ils arrêtent de travailler. Bon, au début, ça risque de leur manquer un peu, mais je suis sûre que très vite, ils seraient contents. Les parents de Christopher sont au chômage tous les deux, or ils n'ont pas l'air malheureux quand je les vois à la sortie de l'école.
Et Christopher, lui, au moins, ne mange jamais à la cantine...
Alors, la voilà la solution : me débrouiller pour que mon père et ma mère perdent leur travail. Enfin ils auraient du temps à me consacrer.
Je ne sais pas encore exactement comment atteindre mon but, mais je trouverai bien. Évidemment, je ne leur dirai pas que c'est moi qui suis intervenue, je n'ai pas envie qu'ils me disputent !

En fait, pour papa, j'ai déjà une petite idée sur la façon de procéder, mais je ne suis pas sûre que ce soit facile à réaliser. Il faudrait que j'envoie une lettre à la MECHE, disant qu'il souhaite arrêter de travailler. Je sais que ça s'appelle « *démissionner* », mes parents en ont parlé une fois à propos d'un ami de ma mère. Bien sûr, je ferais comme si c'était mon père l'auteur du courrier...

Si j'envoie cette lettre juste au début des vacances, eh bien, le temps qu'on rentre, tout aura été réglé. Papa ne comprendra pas qui a bien pu écrire à sa place, mais je sais qu'une fois qu'on a démissionné, on ne peut plus revenir en arrière ! Il sera trop tard et il ne pourra plus aller à son travail, plus jamais, on ne voudra plus de lui puisqu'ils l'auront remplacé. C'est exactement ce qui s'est passé pour l'ami de maman. Rien que d'imaginer ça, je suis folle de joie !

Le seul problème, c'est de parvenir à écrire une lettre qui fasse vraie, « authentique » quoi, genre les rillettes dans la pub à la télé ! Comment écrit-on une lettre comme ça ? Peut-être que si je questionnais ma sœur, l'air de rien, elle me répondrait... Oui, ça, c'est une bonne idée ! Myriam sera même contente, ça lui permettra de faire son intéressante, celle qui en sait plus que moi et qui me le fait bien sentir. Je vois d'ici le petit air de supériorité qu'elle va prendre. Mais cette fois-ci, hi hi hi, je m'en moquerai ! Et attention, hein, il faut que je sois discrète, qu'elle ne se doute de rien. Il ne me reste plus qu'à bien écouter ce qu'elle me dira pour ensuite le taper à l'ordinateur, que ça fasse sérieux.

Pour papa, j'ai donc un super-plan.

Pour maman, c'est plus compliqué car je ne vois pas à qui je pourrais écrire une lettre disant qu'elle arrête de travailler, puisque c'est elle son propre chef ! Il va falloir que je me creuse les méninges… Je n'ai eu que des idées trop farfelues. Par exemple, j'ai bien pensé mettre le feu à son atelier, mais je suis sûre que ses machines à bois sont trop solides pour daigner brûler. Et puis je sais bien que ce serait extrêmement dangereux. Je veux que mes parents aient du temps à me consacrer, pas devenir orpheline ou avoir l'éternité devant moi au paradis. En plus, je risquerais de me retrouver à brûler en enfer, alors bonjour les dégâts !

Mais je finirai bien par avoir une idée, mon plan est trop important pour que je me laisse dépasser par les difficultés, comme dirait maman. Pas question que je renonce ! Dans la famille, on affirme toujours que je suis têtue comme une mule, alors à moi de me montrer à la hauteur de ma réputation… Je vais réfléchir, et je suis sûre que je finirai par savoir comment agir. Une mule, certes, mais pas un âne ! Quoique non, je ne dois pas dire ça, ce ne sont que de stupides idées reçues : les ânes sont des animaux très intelligents, je l'ai entendu dans un reportage à la télé la semaine dernière.

Jamais le Temps !

Jamais le Temps!

Plus j'y pense, plus je me dis que j'ai peut-être une solution…

Un peu compliquée, mais, bon…

De toute façon, je peux déjà commencer par m'occuper de la démission de papa…

À moi de jouer maintenant. J'ai du travail sur la planche! Euh, je veux dire du pain!

Mais d'abord, histoire de me mettre en forme, une petite BD à lire… Marion vient de m'en prêter plusieurs, c'est trop sympa! Et pour tout te dire, je préfère quand même m'amuser que réfléchir à la rédaction de cette lettre. Ah, si c'était aussi facile que de dessiner, là, je n'aurais pas de difficultés, j'adore, même quand il faut passer beaucoup de temps.

Encore une chose que je ne supporte pas chez mes parents: je rêverais de prendre des cours de dessin, mais évidemment, ils ne sont pas d'accord. Mon père répète sans arrêt que pour une fille, la danse, c'est mieux, qu'ainsi, plus tard, je me tiendrai droite et serai gracieuse. Tu saurais m'expliquer pourquoi c'est important pour une fille et pas pour un garçon de se tenir droit? Je suis désolée, mais papa, lui, il a les épaules un peu voûtées, et je trouve ça moche, même pour un homme! Et il ne prend pas de cours de danse pour se corriger, lui!

En plus, la vraie raison de leur refus, je la connais. Enfin, celle de maman. Parce qu'elle, que je fasse de la danse ou du dessin, elle s'en moque pas mal! Je la soupçonne même de penser comme moi. Par contre, il est évident qu'elle apprécie beaucoup que ce soit la mère de mon amie Lysa qui assure les allers et retours au conservatoire. Car bien sûr, s'interrompre quand elle travaille serait au-dessus de ses forces...

J'ai appris qu'ils avaient ouvert, à la bibliothèque, un atelier pour apprendre à faire des BD. Ah, si je pouvais y aller! Peut-être que papa m'y emmènera quand il aura perdu son travail.
Cette perte sera vraiment le gros lot pour moi!

CHAPITRE 3

Un avenir radieux

Enfin, j'ai posté la lettre ce matin !
Je n'aurais jamais cru qu'écrire un tel courrier me prendrait autant de temps. C'est pire qu'un devoir de français !
Il faut dire que j'ai hésité entre plusieurs façons de présenter les choses. Ma sœur ne m'a pas beaucoup aidée, elle m'a juste expliqué que les lettres de démission pouvaient préciser pourquoi on voulait quitter son emploi, sans que ce soit non plus une obligation de le mentionner. J'ai dû recommencer au moins trois fois avant d'être contente du résultat. Et encore, je ne suis pas sûre que ce soit terrible, mais bon, le principal, c'est que ça marche... Laurence De-Chez-C'est-Bientôt-Fini, elle ne va pas me noter, hein ! Tout ce que je lui demande, c'est de comprendre qu'elle doit se trouver vite fait un autre employé que mon père !
Du coup, j'ai demandé à papa de me ramener des shampooings de sa société.

Jamais le Temps !

Après tout, nous allons avoir moins d'argent quand il ne travaillera plus, alors autant faire des provisions. Et puis maintenant, je n'ai plus aucune raison de bouder ses produits. D'ailleurs, à ce sujet, j'ai cru un moment que mon père se doutait de quelque chose car il a paru très étonné que j'aie changé d'avis et ne veuille plus utiliser des savons comme avant ! Il m'a posé des questions mais je me suis bien débrouillée : je lui ai raconté que j'étais amoureuse et que donc, je voulais avoir de beaux cheveux comme ceux de la fille dans la pub, celle qui dit *« parce que je le vaux bien ! »*. Il a paru très surpris, j'ai même cru qu'il allait s'étouffer ! Surtout que lui, ce n'est pas chez L'Oréal qu'il travaille ! J'imagine la tête qu'il ferait si je lui disais la vérité. Même si, en fait, je n'ai pas totalement menti, c'est vrai que je suis amoureuse, mais ça, je ne veux pas en parler, c'est top secret.

Bon, allez, juste quelques mots pour te faire plaisir.

C'est Romain, le plus beau garçon de la classe. Il est grand, avec de magnifiques yeux carrément noirs, et il a un sourire à tomber par terre. Toutes les filles sont folles de lui mais c'est moi qu'il aime. Je le sais parce qu'un jour, il a dessiné un cœur sur sa main en écrivant mon prénom à l'intérieur et il me l'a montré. Alors moi, j'ai dit à Natacha que je l'aimais, je savais qu'elle le répéterait à sa copine Fatima, qui elle-même le dirait à Sébastien, son amoureux qui est aussi le meilleur copain de Romain. Comme ça, maintenant, il sait que je l'aime sans que j'aie eu à lui dire moi-même, je suis trop timide pour ça !

L'année prochaine, j'espère qu'on sera toujours dans la même classe : lui, moi, mais aussi Marion et surtout Lysa. Je ne le dis pas à Marion, mais ma vraie meilleure amie, c'est Lysa. Elle, je lui confie tous mes secrets. Je lui ai bien sûr parlé de mon plan, mais j'avoue que je ne comprends pas, elle ne l'a pas trouvé bien. Au contraire, elle était même très inquiète. Elle pense que c'est une mauvaise idée, que mes parents vont forcément savoir que j'ai écrit cette lettre et vont se fâcher horriblement. Elle croit en plus que ce serait grave que mon père perde son travail, qu'il le vivrait très mal et qu'on aurait plein de problèmes à la maison. D'après elle, on manquerait d'argent, mes parents se disputeraient à cause de ça, etc.

À la fin, elle commençait presque à me faire peur. C'est aussi un peu pour cette raison que j'ai demandé à papa de rapporter plein de produits, en prévision des économies à faire. Mais pour le reste, je suis sûre qu'elle se trompe. Sans travail, papa sera forcément plus détendu, il aura du temps pour moi et aussi pour lui. En plus, bon, je sais bien qu'il retrouvera un autre emploi plus tard, mais au moins, moi, je profiterai au maximum de sa présence d'abord !

Je suis tellement contente à cette idée que, quand Laurence est venue dîner à la maison l'autre jour, j'ai été très aimable avec elle. Mon père l'invite en général trois fois par an histoire « *d'entretenir des bonnes relations* » (comme si elles n'étaient pas déjà suffisantes !) et je déteste ça. D'habitude, je joue au Roi du Silence tout au long de la soirée, surtout quand elle me parle, ce qui énerve particulièrement mes parents. Mais ce soir-là, j'ai été exemplaire. Je l'ai même complimentée sur sa robe, ce qui a failli me trahir, je l'ai compris en voyant maman me regarder d'un drôle d'air. En fait, j'avais dit ça sans faire attention, juste parce que je sais que les adultes aiment bien qu'on s'intéresse à eux. Le problème, c'est que Laurence était en pantalon. Mais un modèle si affreusement large qu'on aurait pu le prendre pour une jupe, donc mon honneur était sauf ! Papa et elle ont discuté pendant des heures du (je les cite) : « *plan marketing à mettre en place pour optimiser le lancement de nouveaux produits et développer leurs ventes* ». Ils n'avaient pas l'air d'accord, Laurence parlait très sèchement, elle était même agressive, à se demander pourquoi elle avait accepté l'invitation de papa ! Je m'ennuyais terriblement mais ça m'a permis d'apprendre que certaines personnes passent leur temps à chercher à inventer de nouvelles choses. On les appelle des innovations : un shampooing d'une nouvelle couleur, une crème démêlante avec de nouvelles senteurs, une bouteille avec des formes pas possibles qui rappellent la mer, etc. Voilà un métier qui me plairait ! Moi, j'inventerais des machines à ralentir le temps. Je suis sûre que beaucoup d'enfants me les achèteraient : pouvoir jouer plus longtemps, quel rêve !

Mais il faudrait aussi que j'invente un accélérateur pour les mauvais moments. Tu imagines : tu appuies sur un bouton et te voilà à la fin du cours, juste avant que la maîtresse ait commencé une dictée. Trop bien !

Là, je n'en ai pas besoin : on part tout à l'heure en vacances pour trois semaines et je crois que ce seront les meilleures de ma vie. Pour une fois, je ne passerai pas mon temps à être triste à l'idée qu'elles vont se terminer trop tôt, comme pour toutes les bonnes choses. Je n'ai même pas rouspété quand j'ai vu mon père mettre son ordinateur portable dans le coffre ! Après

Jamais le Temps !

tout, ce n'est pas grave s'il passe son temps à travailler puisque tout rentrera bientôt dans l'ordre.

Quel soulagement, quand j'y pense !

CHAPITRE 4

Un plan qui échoue

Euh… quand je disais avant de partir en vacances que tout allait bientôt rentrer dans l'ordre, je me trompais.

C'est plutôt le désordre total ici.

Pourquoi ne suis-je pas née beaucoup plus tôt ?!

Oh, pas au Moyen Âge, évidemment, ce n'est pas le genre de choses qui m'aurait plu, bonjour la puanteur et là, mon père aurait fait fortune avec ses shampooings. Il aurait dû travailler encore plus ! Mais pourquoi ne suis-je pas née, disons, juste avant l'invention des téléphones portables, par exemple ?!

Parce que les téléphones portables, ça permet d'être joint n'importe où.

Et moi, j'avais complètement oublié ce détail.

La MECHE, en plus, elle ne s'est pas contentée de lui téléphoner à mon père, elle lui a aussi envoyé la lettre sur son ordinateur. Sa belle lettre de démission… Incroyable ce que la technique permet ! J'ai découvert que le scanner avait d'autres fonctions que de transférer des photos. On en apprend tous les jours...

Mais entre nous, j'aurais vraiment préféré que cette chère Laurence « Dechay-fait-chi... » nous envoie des photos d'elle en maillot de bain : je suis sûre qu'elle doit avoir plein de poil aux jambes, des poils longs et bien shampouinés ! Sans parler de ses maillots qui doivent être d'un ringard, je les imagine bien avec de grosses fleurs rouges comme ses joues ! Et devant les photos scannées, j'aurais pu rigoler librement...

Parce que là, rigoler, je n'en avais pas du tout envie. Devoir faire semblant de ne rien comprendre, faire celle qui est étonnée et rire de la « plaisanterie » avec mes parents, ça a été plutôt difficile.

J'entends encore mon père tout à l'heure :

– Mais qui a bien pu me faire cette farce ? Tu as lu un peu cette lettre ! Tu as vu ce style ! Mais qu'est-ce que ça veut dire ? Vraiment, ma poupoune, je n'y comprends rien !

Poupoune, c'est ma mère. Ce surnom est d'un ridicule total, mais qu'est-ce que tu veux, hein, ce n'est pas moi qui l'ai choisi... Et en général, quand mon père l'appelle comme ça, c'est plutôt bon signe, c'est qu'ils s'entendent bien.

Poupoune, bien sûr, était comme lui :
– C'est quand même une drôle de plaisanterie...
– Oui, quel intérêt d'envoyer une lettre de démission que, bien évidemment, personne ne prendrait au sérieux !

Là, j'avoue que je n'ai pas tout compris, car moi, ma lettre, je la jugeais pas si mal que ça. D'ailleurs, plus je la relisais en la voyant s'afficher sur l'écran du portable de mon père, moins je comprenais pourquoi elle ne paraissait pas sérieuse.

Madame Laurence Dechay

Je donne ma démission et je ne viendrai plus travailler à mon retour de vacances.

Je ne suis pas obligé de dire pourquoi alors je ne le précise pas. Je vous dirai seulement que j'en ai assez d'avoir trop de travail, vous m'obligez à faire des heures supplémentaires et ce n'est pas drôle. En plus, vous n'êtes pas toujours très aimable avec moi, vous m'avez fait des remarques désagréables devant tout le monde et j'ai été très contrarié.

Recevez, Madame, l'assurance de mes cordiales salutations.

Pas de fautes d'orthographe, j'avais passé le correcteur automatique en demandant à l'intervenante en informatique de mon école comment procéder.

Jamais le Temps !

Pour la formule de politesse à la fin, j'avais tout simplement recopié ce que mes parents écrivent sur mon cahier de correspondance quand ils mettent un mot à ma maîtresse.

Et pour l'adresse de sa société, ce n'était pas compliqué, papa l'avait écrite lui-même sur la fiche de liaison, collée au début de mon cahier de correspondance.

Le pire, c'est quand ils se sont tournés vers moi pour me demander :

— Et toi, Virginie, qu'est-ce que tu en penses ?

Rien qu'au nom, j'ai compris que ça n'allait pas. Ce n'est pas compliqué : quand ils m'appellent « Virginie », c'est qu'il y a un problème. Sinon, ils emploient toujours « Ninou », même que je commence à avoir un peu la honte devant mes copines avec ce surnom qui fait bébé.

Heureusement que ma grande sœur ne part plus en vacances avec nous depuis l'année dernière, sinon, elle aurait tout de suite compris et m'aurait trahie, bien sûr. Du coup, j'ai pu faire l'innocente :

— Euh... ce que j'en pense ? Eh bien, je ne sais pas, moi...

Ils me regardaient tous les deux d'un air vraiment bizarre.

J'étais horriblement gênée.

Pour une fois, je ne savais que répondre. Je me suis tue. C'est drôle, mais il me semblait qu'on entendait le silence de mes paroles intérieures. Je me demandais que dire de plus, quelle attitude adopter, quand, tu ne vas pas me croire, ils m'ont proposé d'aller jouer avec les enfants du gîte d'à côté. J'en ai tout de suite déduit qu'ils voulaient parler tranquillement sans moi. J'ai pensé « Ouf ! Sauvée ! » et je suis vite partie.

Mais à mon retour, oh, là là ! Papa m'a dit, d'un ton très sérieux :

– Il faut qu'on parle, Virginie. Qu'est-ce qui t'a pris d'envoyer cette lettre à Laurence ?

Moi, bien sûr, je n'ai rien répondu. J'ai juste pensé que Lysa avait eu raison…

Mon père a enchaîné :

– Tu es devenue complètement folle ou quoi ! C'est une plaisanterie stupide qui mérite une grosse punition. Je suis déçu par ton comportement ! Et parler des remarques désagréables qu'elle m'a faites, mais franchement, quelle idée !

Maman, de son côté, a ajouté qu'elle n'aurait jamais cru que je puisse faire une telle bêtise et que je n'avais qu'un petit pois en guise de cerveau. Sympa, ce genre de réflexion : ça vous donne super-confiance en vous. Et après, mes parents s'étonnent que je ne sois pas à l'aise dans mes baskets. Si l'on me comparait moins souvent à un légume, ça irait certainement mieux question ego ! Parce que m'entendre dire que je suis mince comme un haricot vert, que je me tiens comme un sac à patates, que j'ai un teint carotte ou, au mieux, que je suis chou (ça, c'est quand je me lève à table pour aider mes parents et Myriam), j'en ai un peu marre !

Mais pour en revenir à mes histoires, là, maman aurait pu ajouter que je rougissais comme une tomate : hum hum, je sentais le chauffage sur mes joues !

J'ai répondu que ce n'est pas moi qui avais écrit cette lettre, mais ils ne m'ont pas crue.

Jamais le Temps !

Jamais le Temps!

Je ne pouvais pas reconnaître la vérité, non, pas avec toutes les méchancetés qu'ils me disaient. Si encore, ils m'avaient demandé pourquoi j'avais fait ça, je crois que je leur aurais expliqué à quel point j'en ai marre qu'ils ne s'occupent pas de moi, mais là, ce n'était pas possible. Des reproches, que des reproches sans chercher à me comprendre... Moi qui pensais avoir trouvé la solution idéale (en plus, je me demande vraiment comment ils ont fait pour deviner que c'était moi), quelle déception!

J'étais tellement triste et furieuse que mon plan n'ait pas marché, que mes parents me disputent alors que je pensais que tout allait s'arranger... Je me suis énervée en leur reprochant de m'accuser à tort.

Je finissais presque par avoir oublié que j'avais écrit cette lettre et je ne ressentais que l'injustice de la situation. Alors, j'ai piqué une grosse crise, en pleurant de plus en plus fort. J'y arrive très bien, et quand je suis bien concentrée sur ma colère, j'arrive même à vomir. Là, j'ai juste un peu toussé et crachoté, mais ça a suffi, ils m'ont dit d'une voix plus douce d'aller me calmer dans la chambre.

Pourtant, je n'ai cherché qu'à bien faire, trouver une solution. Dire que tout va continuer comme avant, avec en prime une énorme punition et la tête de mes parents pendant au moins une semaine!...

Ce n'est pas drôle, la vie!

Jamais le Temps !

CHAPITRE 5

Triste vie !

On est rentrés de vacances.
Papa a repris son travail.
Maman est retournée dans sa caverne.
Et moi, je m'ennuie.
Bon, il y a bien le centre aéré puis la danse avec Lysa et Marion, mais j'en ai tellement marre que mes parents ne s'intéressent pas à moi.
Jamais le temps !
En plus, les vacances ont été gâchées avec cette histoire ratée de lettre de démission.
Ils m'ont fait la tête pendant toute une semaine, en me disant que tant que je n'aurais pas reconnu la vérité, je serais punie : plus de glaces, de sorties, de petits plaisirs...
Ils croient peut-être que c'est pour cette raison que j'ai fini par avouer mais ils se trompent. Ce n'est pas l'envie d'un super porte-clefs à la boutique de la plage qui m'a fait craquer et reconnaître avoir écrit cette lettre... Non : c'est de ne plus supporter de les voir me

regarder avec un air bizarre, à la fois inquiet et réprobateur. J'avais vraiment l'impression qu'ils m'observaient du coin de l'œil en se demandant si j'étais bien leur fille. Je commençais moi-même à me demander ce qui m'arrivait.

C'est affreux comme impression. Surtout en vacances. Tu as envie de câlins, de rigolades, pour toi rien n'a changé et pourtant tu sens bien que tu as provoqué quelque chose qui te dépasse. Alors, évidemment, un soir, j'ai fini par avouer quand pour la vingtième fois, maman m'a demandé pourquoi je persistais à mentir à propos de cette lettre.

Pourtant, au début de la conversation, je ne pensais pas tout dire.

– Mais, maman, pourquoi papa et toi pensez-vous que c'est moi? C'est trop injuste! Ça peut être n'importe qui!

– Virginie, voyons! On sait pertinemment que c'est toi. Et ce serait bien plus simple de le reconnaître. Jamais un adulte ne se serait exprimé ainsi. Tu nous prends pour des idiots! Nous avons bien vu ta tête, tu étais rouge comme une tomate! De toute façon, Laurence a dit à papa que l'enveloppe avait été écrite par un enfant, elle a même ajouté que ça avait un côté chou! Et tu as questionné ta sœur sur les lettres de démission... Persister à mentir est faire preuve d'une grande faiblesse! Tu me déçois. Tu as du sang de navet ou quoi?!

Me dire que j'avais du sang de navet! L'insulte suprême dans la famille. Pas celle qui vous fait bouillir et éclater, non, celle qui pèle votre assurance, découpe votre dignité en rondelles et vous laisse tout nu! En vous reléguant en plus au rang de malade.

Jamais le Temps!

—Non, je n'ai pas du sang de navet! C'est vraiment méchant de me dire ça! Et puis oui, c'est moi qui ai écrit cette lettre! Et pourquoi d'après vous? Vous êtes-vous seulement posé la question?! J'en ai marre, archi marre, de vous voir travailler tout le temps! Je pensais que tout allait s'arranger! Tu parles! Vous ne comprenez jamais rien!

Je me suis mise à pleurer. Pas du tout comme la dernière fois. Tout doucement. Presque en silence.

Maman me regardait, elle ne me consolait pas.

Papa ne me regardait pas, il fuyait mon regard.

Ils ne m'en ont plus parlé de toutes les vacances. Mais ils ont gardé presque tout le temps leur drôle d'air. Ils m'en voulaient.

La semaine a passé comme ça.

Et là, tout est redevenu comme avant: jamais le temps!

Papa prépare – grande affaire ! – la rentrée des shampooings, une nouvelle gamme qui va, paraît-il, révolutionner les ventes. Son équipe étudie comment persuader les gens que c'est exactement ce qu'il leur faut. Pourtant, je l'ai entendu dire que ce nouveau produit avait juste changé d'emballage (euh, pardon, de packaging: plus les mots veulent dire des choses simples, plus il faut leur donner des noms qui brillent). Tu ne trouves pas ça un peu immoral, toi? J'avoue que je ne comprends pas bien la différence entre le mensonge et la « stratégie ».

En plus, papa a toujours l'air contrarié, il s'énerve pour rien, même après ma mère, comme s'il ne nous supportait plus. Avant, au moins, il était sans arrêt occupé ou distrait le soir, mais avec une tête normale, tandis que là, franchement, on dirait qu'il a avalé du shampooing et qu'il n'en finit pas de le recracher. Déjà, pendant les vacances, je l'avais trouvé un peu bizarre, mais là, il crie tout le temps, ce n'est pas drôle. Je me demande ce qui se passe, j'ai l'impression qu'il cache quelque chose.

Quant à maman, elle vient d'avoir deux commandes à la fois. Et quelles commandes ! De la marqueterie à incruster sur une commode et un chevet. Pour moi, ce sont les pires : elle y passe un temps fou, travaille avec une loupe qui lui donne un air de fouine et elle n'est jamais contente du résultat. Elle n'a qu'à demander à l'équipe de papa comment persuader ses clients que ses meubles sont parfaits ! Au moins, je la verrais un peu... Depuis qu'on est rentrés de vacances, elle m'a mise sur orbite planète lointaine.

J'en viens à rêver qu'il se passe quelque chose pour être obligés de rester avec moi.
Je dis ça, mais bon, en vrai, je ne le pense pas. Je ne veux pas qu'ils se sentent obligés, je voudrais qu'ils en aient tout simplement envie.

D'ailleurs, peut-être que cette fois-ci, ça va arriver...
Car bien sûr, je n'ai pas renoncé à mes plans.
Simplement, j'agis avec plus de discrétion.

Enfin, c'est ce que j'espère. Mais pour tout te dire, je n'en suis pas certaine.
Je crois même que j'ai fait une bêtise.

Jamais le Temps!

Une bêtise tellement grosse que si c'était un animal, ce serait un mammouth. Un mammouth carnivore avec des yeux méchants et des défenses pointues.

Mais, après tout, je m'en fiche. Au moins, il va se passer quelque chose.
Euh, tu voudrais savoir ce que j'ai fait et pourquoi je m'inquiète?

J'ai enlevé les vis qui soutiennent un pied de la commode que maman a terminée hier. Le monsieur qui la lui a commandée doit venir la chercher demain, et normalement, il ne devrait s'en rendre compte que quand il la remplira d'affaires, chez lui, avec sa femme. D'après mes prévisions, la commode s'écroulera à ce moment-là. Et je doute fort que, dans ces conditions, il lui en redemande une seconde !

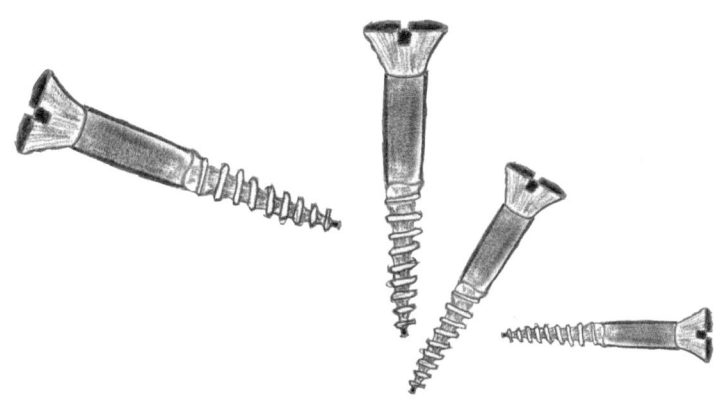

Bon, saboter le travail de sa mère, je reconnais que ce n'est pas très sympa. Je regrette presque un peu mais c'est le seul moyen que j'ai trouvé. Si j'arrive à dégoûter chacun de ses clients de ce qu'elle fait, elle finira par ne plus avoir de commandes et elle pourra enfin être un peu à moi toute seule.

En plus, c'est papa qui m'a donné l'idée, en voulant m'expliquer ce qu'était un « *contrôle qualité* » l'autre jour. Puisqu'il paraît qu'à son travail, des gens passent leur temps à vérifier si ce que font les autres est bien, moi, je peux, pour une noble cause, faire l'inverse !

Et puis d'abord, rien de tout cela ne serait arrivé si mon père ne s'imaginait pas que le comble du plaisir pour moi, c'est de l'entendre me débiter des explica-

Jamais le Temps!

tions interminables sur des choses de son entreprise dont je me moque éperdument! Finalement, le mammouth avec des défenses pointues, c'est lui, pas ce que je fais.

Je sens que j'ai besoin d'un petit plaisir pour me réconforter: je vais me blottir contre Topie avec une bonne BD.
Non, j'ai une meilleure idée: dessiner une caricature de monstre et l'épingler sur le mur de la cuisine! Depuis quelque temps, je fais toujours ça quand je veux dire un truc à mes parents ou à Myriam sans oser l'exprimer directement. Topie est d'accord avec moi, il trouve que c'est un bon moyen!

CHAPITRE 6

La folie gagne !

Vraiment, tu ne devineras jamais ce qui est en train d'arriver !

Mes parents deviennent fous.

Ou alors, à force de faire de la DS, j'ai grillé les connexions qui me fournissaient le mode d'emploi pour les comprendre. Impossible de décoder leur comportement, question clarté, c'est pire que de regarder Canal Plus chez mes grands-parents qui n'ont pas pris d'abonnement.

Prenons pour commencer l'histoire de la commode. Moi qui regrettais presque ! Tu t'en souviens, je me sentais mal à l'aise, j'avais l'impression d'avoir fait quelque chose de mal. En plus, bon, je dois le reconnaître, j'avais aussi peur de me faire sacrément disputer si ma mère se rendait compte que j'avais sciemment abîmé une de ses magnifiques œuvres...

J'en profite pour faire passer un message : Dieu, si tu existes, fais que plus tard je ne « gagatise » jamais devant des choses inutiles comme le font les adultes, et que je garde toujours intacte ma capacité à ne m'intéresser qu'aux choses vraiment importantes, comme les copines, les BD et le dessin. Mais pas au TRAVAIL! Je n'ai pas vu maman de la semaine. Tout le temps présente à la maison, elle arrive à être la plus absente des mères.

Quand je pense que j'ai failli mal dormir deux nuits de suite tellement j'étais inquiète à l'idée que monsieur Bancal téléphone (non, je te jure que je ne déforme pas, il s'appelle vraiment comme ça, reconnais qu'il a un nom prédestiné! D'ailleurs, je trouve que les gens ont souvent un nom qui leur va bien: par exemple, mon voisin, monsieur Rail, il travaille à la SNCF, c'est fou, non?).

Donc, moi, j'attendais avec anxiété: je me demandais ce qui allait se passer et j'avais peur à chaque fois que quelqu'un sonnait ou appelait. Parce que plus je réfléchissais, plus je me disais que lorsque monsieur Bancal se plaindrait d'une anomalie, ma mère allait, elle, tout de suite comprendre qui avait aidé la commode à se casser...

Et évidemment, ce qui devait se produire arriva: il a téléphoné hier soir.

C'est mon père qui a répondu. Dès les premières paroles, j'ai compris de quoi il était question. Je me sentais comme une feuille d'épinard sur le point d'être cueillie: verte, tremblotante, destinée à une agonie certaine entre des mains malveillantes.

Mais à ma grande surprise, papa s'est complètement désintéressé du pauvre petit épinard pour croquer tout cru un monsieur Bancal qui doit encore se demander pourquoi mon père n'est pas dans un asile de fous!

Jamais le Temps !

Voilà ce qui s'est passé, je te jure que je n'invente rien :
– Comment ça, un problème avec la commode ? Qu'est-ce que vous voulez dire ?
– …
– Écoutez-moi bien, monsieur Bancal, ma femme a toujours donné entière satisfaction à ses clients, alors ne venez pas nous raconter n'importe quoi ! C'est vous qui avez dû trop charger cette commode et…
– …
– Excusez-moi de vous couper la parole, mais je vais vous dire ce que je pense. C'est vous qui êtes bancal, espèce de gros malotrus ! Vous êtes tous les mêmes, à ne jamais être contents, à toujours vouloir qu'on fasse mieux, plus vite et pour moins cher ! Que voulez-vous exactement ? Une seconde commode gratuite et une armoire en prime ? Je pourrais peut-être aussi vous donner des shampooings, du bain moussant et du gel douche si vous voulez, pour mettre sur la commode ?! Mais oui, c'est une bonne idée : pendant que vous vous laverez, espèce de vieux grincheux malodorant, vous cesserez de nous ennuyer, ma femme et moi ! Allez donc vous faire passer un contrôle qualité de propreté !
– …
– C'est ça, au revoir, vieux Bancal ! Bien le bonjour chez vous !

En raccrochant le téléphone, mon père a éclaté de rire. Un rire à te faire frémir, un rire qui te dit clairement que quelque chose ne va pas.

Surtout quand tu sais que d'habitude, mon père ne rit jamais. C'est le roi de l'humour, du sourire amusé, mais certainement pas du gros rire bruyant qui n'en finit pas.

Et là, il ne s'arrêtait plus.

Je n'aurais jamais imaginé papa capable de prononcer de telles phrases. Lui habituellement si poli ! Dès que je parle mal, le moindre petit gros mot, il me reprend (s'il savait tout ce qu'on peut dire à l'école, il serait fou…). Tu te rends compte : lui, insulter un client de maman !

Et il a dit :

– Eh bien, en voilà au moins un qui ne nous importunera plus ! Remarque, s'il te recontacte, tu pourras toujours lui proposer de scier l'autre pied pour que sa commode cesse d'être bancale !

J'ai cru que j'allais m'étouffer de surprise.

Je m'attendais bien sûr à ce que ma mère explose. Je pensais aussi qu'elle allait poser des questions sur ce pied cassé. Mais non. Rien. Je te dis, ils sont devenus vraiment bizarres, mes parents. À la place, elle a répondu :

– Mon chéri, peut-être devrais-tu aller prendre un bain ? Veux-tu que je te prépare une camomille ? Détends-toi, tu en as besoin, tu sais.

Elle avait une drôle de voix. Comment te dire… Une voix de petite fille qui joue à la grande personne. Difficile à expliquer…

En fait, maintenant que j'y repense, je crois qu'elle parlait comme si elle avait peur. Oui, c'est ça, exactement.

Eh bien, je vais te dire, c'est ce qui m'affole le plus, cette sensation.

Jamais le Temps!

Pourquoi deviennent-ils bizarres? Que se passe-t-il? Franchement, ils auraient dû se poser des questions sur la commode. Jusqu'à présent, jamais personne n'avait rappelé ma mère pour lui mentionner un problème sur un meuble. Pourquoi font-ils comme si papa avait eu raison de s'en prendre à monsieur Bancal? Ils n'ont même pas reparlé de son appel, en tous les cas pas devant moi.

Ma sœur fait une tête d'enterrement, je n'arrive pas à savoir si c'est parce qu'elle a des problèmes avec son amoureux ou à cause de l'ambiance à la maison.

J'ai pensé que c'était peut-être une façon de me punir, du genre: ils savent très bien que c'est moi qui ai abîmé la commode et ils veulent me faire réagir en ayant un comportement vraiment spécial. Mais en fait, non, j'ai très vite compris que je me trompais. Les parents ont certes beaucoup de défauts, mais de là à être capables d'imaginer de tels stratagèmes, non, c'est impossible! On sait bien que les adultes manquent tous d'imagination. La preuve, ils ne savent même plus jouer. La seule chose qui les intéresse, c'est leur travail. Je me demande d'ailleurs comment certains, dans l'entreprise de papa, sont capables d'inventer de nouvelles couleurs de shampooing ou de boules moussantes. Je suis sûre qu'ils doivent se faire aider par leurs enfants, bien sûr sans jamais s'en vanter.

Et puis mon père m'a de toute façon prouvé ce matin que le problème n'est pas lié à la commode. J'ai assisté à une nouvelle manifestation de sa folie.

J'ai connu par la même occasion la plus effroyable honte de toute ma vie.

J'ai même du mal à t'en parler. Allez, je me lance: il m'a emmenée à l'école avec une chaussure noire à

Jamais le Temps !

Jamais le Temps!

un pied, et une bleue à l'autre. Où est le problème, me diras-tu, puisqu'il te dépose toujours dans la rue sans descendre de voiture? Eh bien, aujourd'hui, il a oublié de s'arrêter, puis a stoppé brusquement quand je le lui ai fait remarquer. Il est alors sorti de la voiture, la laissant en plein milieu de la route, et, malgré mes protestations, m'a accompagnée. Je te laisse imaginer la situation: les coups de klaxon, les enfants et leurs parents qui regardaient ce qui se passait...

Toutes mes copines étaient déjà là et ont remarqué ses pieds.

Car il portait un pantalon qui attirait les regards.

C'était le bas de son pyjama.

Me faire ça deux jours après la rentrée des classes! Ma réputation est faite. Toute l'école l'a su.

Je déteste mon père.

CHAPITRE 7

Rien ne va plus, sauf...

C'est de pire en pire à la maison.

Maintenant, je les déteste tous les deux.

J'ai presque envie de leur dire, pour les faire réagir, que le mois dernier, monsieur Bancal avait eu raison de se plaindre, qu'il manquait des vis au pied de la commode car je les avais enlevées.

J'ai l'affreuse impression d'être transparente. Tu es là, mais on ne te voit pas.

Ou alors, on crie après toi de façon tout à fait injuste.

L'autre soir, je suis allée embrasser mon père quand il est rentré du travail. Comme d'habitude, quoi ! Le soir, à table, il s'est mis à hurler après moi en disant qu'il existait, que j'aurais pu venir lui dire bonjour, que c'était fou ce que j'étais mal polie, que je n'avais pas intérêt à recommencer. Évidemment, je lui ai répondu que j'étais bien venue l'embrasser, et que franchement, c'était moi qui pensais qu'il exagérait.

Tu ne devineras jamais comment il a réagi.

Jamais le Temps!

Il m'a donné une claque.

Oui, une claque.

Je crois que c'est la première fois de ma vie que mon père me frappe.

J'étais tellement étonnée que j'en ai eu le souffle coupé. Tu sais, un point de côté comme quand tu as trop couru. Mais là, le point, c'était un glaçon. Avec, plus haut, une joue brûlante.

Ma mère s'est levée et lui a demandé de se calmer immédiatement, en ajoutant que s'il commençait à réagir de cette façon, jamais elle ne l'accepterait. Elle était très en colère. Dressé sur le côté de la table, mon père ressemblait à un géant, ou plutôt à un ours fou de rage. Je me sentais comme un poussin face à lui.

Jamais le Temps !

Il a attrapé son assiette, l'a jetée par terre et il est parti. Ma sœur lui a couru après, mais il a claqué la porte et s'est enfermé dans le bureau.

Le seul qui avait l'air satisfait de la situation, c'était Topie.

Les poils de ses babines tout rouges, il engloutissait les spaghetti à la bolognaise qui avaient éclaboussé le sol de la cuisine. Il a même poussé un « ouaf ouaf » de contentement.

Depuis ce jour-là, maman n'est plus comme avant.

Elle est venue dans ma chambre m'expliquer que papa avait des soucis mais a refusé de me dire lesquels. Je pense qu'elle a pris ce prétexte pour que j'excuse mon père. Et ça, il n'en est pas question. Alors, elle a fini par s'emporter contre moi et me dire qu'elle en avait assez de tout.

Je crois rêver. Elle en a assez ! Parce que moi, je suis ravie de la situation ! Jamais papa ne me frappe, et là il faudrait que je comprenne, que je trouve ça normal ! Ce même père qui s'est disputé une fois avec tonton Jean-Yves parce qu'il donne des fessées à ses filles en les déculottant ! Je m'en souviens parfaitement : ma cousine pleurait, nous, on ne savait pas quoi dire, on était horriblement choqués et malheureux pour elle quand soudain papa était intervenu, expliquant que c'était vraiment nul de se comporter ainsi, que répondre à une bêtise par de la violence, c'était le pire qu'on pouvait faire. Tonton avait rétorqué à papa qu'il n'avait pas à se mêler de la façon dont il éduquait ses enfants, et c'était plutôt tendu. Papa avait fini par s'énerver en disant que chez les Bissan, on n'agissait pas comme ça, qu'il n'acceptait pas de voir sa nièce injustement traitée pour une malheureuse histoire d'assiette cassée par maladresse et que, dans ces conditions, il valait mieux ne plus se fréquenter ! Ma mère et tata Joe avaient dû intervenir pour les calmer...

Alors, accepter de recevoir une gifle pour rien, même si papa a des soucis, il ne faut pas exagérer !

J'ai décidé de mener une grève de la parole, mais juste avec mon père car sinon ce serait très compliqué.

Et je me connais, je suis trop bavarde pour tenir longtemps.

Heureusement, il y a l'école pour me remonter le moral.

Je m'amuse trop bien avec Lysa, on est toujours ensemble, encore plus que l'année dernière, car Marion n'est plus avec nous, elle a changé de classe. Et je ne suis plus amoureuse de Romain, je lui trouve même un air assez bête. Bizarre ce qu'on peut changer. En fait, il pense trop à la bagarre, moi je préfère regarder mes feuilles Diddl dans la cour avec mes copines.

N'empêche, je suis furieuse car le maître a placé Lysa à côté d'Aurore, une fille que je déteste et qui veut devenir la copine de Lysa. Cette espèce de champignon vénéneux en profite pour essayer de se mettre avec elle dans les rangs, elle invente des choses, par exemple elle fait croire à Lysa que j'ai une autre meilleure amie dès que je parle à ma voisine de table, et Lysa doute de mon amitié. Quand je pense que l'année dernière je trouvais Aurore jolie et que j'avais envie de devenir copine avec elle... Vraiment, ce n'est pas parce que les gens sont beaux qu'ils sont gentils ! Cette fille me pourrit la vie.

Jamais le Temps!

L'autre jour, quand on est allés à la bibliothèque Paul Éluard, elle a commencé à se moquer de moi en disant qu'il fallait m'appeler Virginie Y-Va-Ssan. C'était horrible pour moi, elle criait dans le rang :
—Son père, il l'emmène à l'école en pantalon de pyjama, mais elle, un jour, elle viendra sans rien ! Y-Va-Ssan, c'est un beau nom pour elle ! Hi hi hi, Y-Va-Ssan, t'as la honte !

Lysa a pris ma défense, elle lui a dit qu'elle, c'était Tête à Poux qu'il fallait l'appeler car, vu son caractère, elle ne pouvait que les collectionner. J'avoue que je n'ai pas compris pourquoi elle a dit ça, mais bien sûr j'ai éclaté de rire. On s'est pris par la main et depuis on est de nouveau les meilleures amies du monde. Trop bien !

En plus, notre nouveau maître, monsieur Géry, est absolument génial. Il est très drôle et passionné par les bandes dessinées. Il nous a dit que nous allions cette année beaucoup travailler dessus. Je n'arrive pas à y croire : un adulte comprenant que c'est bien mieux que les livres et ayant l'air de vraiment s'y connaître ! On a commencé à étudier plusieurs albums que je connaissais pourtant et je ne les vois plus de la même façon. Il nous apprend à distinguer comment les vignettes sont faites, en comparant à la fois les dessins (ça s'appelle le graphisme) et le texte, d'une BD à l'autre. Il dit aussi qu'on doit être capables d'expliquer pourquoi on préfère les BD ou les livres. Oui, je ne t'en avais pas parlé, mais on a des fous dans la classe, notamment une fille qui s'appelle Gladys, elle lit tout le temps des romans, elle déteste les BD, elle pense que c'est nul.

Jamais le Temps!

Jamais le Temps!

Alors, pour qu'on soit capable d'argumenter (j'adore ce mot qu'il nous a appris, il te donne l'impression d'être grande et intelligente et en plus je sens qu'il va me servir dans la vie), on va prendre des livres et des BD qui traitent des mêmes thèmes, et on va rechercher pourquoi on préfère les uns ou les autres. S'amuser en classe à la place des cours de français, je n'aurais jamais cru que ça puisse arriver!

Et attends que je te raconte la suite! Sais-tu ce qu'on va faire? Je crois rêver! Notre classe va participer à un concours national de BD qui se tient à Angoulême et on peut gagner un prix. Trop bien! Il faut créer une histoire sur deux pages blanches, en mettant neuf ou douze cases par feuille. Si nous travaillons tous bien, Ludovic organisera un voyage là-bas pour qu'on rencontre des auteurs et qu'on voie quels dessins ont été retenus.

Je voudrais tellement réaliser une BD dont le maître serait fier...
À partir d'aujourd'hui, c'est décidé, je m'en fiche que mes parents n'aient jamais le temps de rien.
J'ai un super-projet en tête.

CHAPITRE 8

La clef du mystère

J'ai compris ce qui ne va pas à la maison. Myriam m'a tout dit. Pour une fois, ma sœur a été sympa et ne m'a pas traitée en courgette trop minus pour qu'on l'informe.

Ce n'est pas mon père qui devient fou.

Laurence De-Chez-C'est-Toujours-Pressé a décidé d'avoir sa peau.

Myriam m'a expliqué qu'elle lui cherchait des poux dans la tête. En fait, c'est comme Aurore avec moi. Mais les histoires d'adultes, c'est encore plus méchant finalement.

Laurence, c'est devenu De-Chez-Fait-Tout-Pour-Le-Faire-Craquer. Des postes vont être supprimés dans l'entreprise, on ignore encore lesquels. Chacun préférerait que ce soit celui de l'autre. Alors, les gens se débrouillent pour se mettre en avant et descendre leurs petits camarades.

Enfin, Laurence, elle, réagit comme ça.

Jamais le Temps!

Elle inonde papa de ces fameux *contrôles qualité* en espérant pouvoir le prendre en faute.

Elle répète à tout le monde qu'il se débrouille comme un nul.

En bref, elle voudrait qu'il soit licencié et elle l'humilie sans arrêt. Dernier exemple en date: elle lui a demandé, quand ils étaient seuls dans son bureau, de s'occuper des publicités pour des bains moussants qui ne sont pas encore fabriqués. Personne ne sait encore s'ils seront rose pâle ou saumon, donc, difficile de commander des affiches. Surtout pour quelqu'un qui s'occupe de statistiques! Bien sûr, papa le lui a dit. Et là, elle lui a répondu qu'elle n'avait plus besoin de lui dans son service s'il ne savait pas *« faire preuve d'imagination pour trouver une solution et s'adapter à de nouvelles demandes. »* Myriam a des dons d'imitatrice, je croyais voir Laurence De-Chez-Fait-Chi… quand ma sœur me l'a raconté.

Alors, papa a quand même commencé à travailler sur le sujet. Quelques jours après, il en a parlé à une réunion avec des directeurs et elle a éclaté de rire en disant qu'il fallait être vraiment stupide pour réfléchir à la présentation de quelque chose qui n'existe pas encore. Mon père a essayé de répondre que c'était elle qui le lui avait pourtant bien demandé. Elle a nié, affirmé que papa devait être fou ou vouloir lui nuire pour prétendre ce genre de choses. Évidemment, il a fini par s'énerver, le ton est de plus en plus monté et on lui a demandé de quitter la réunion pour qu'il se calme. Elle a alors pu, sans problème, critiquer mon père autant qu'elle le voulait.

Jamais le Temps !

Elle fait tout pour qu'il soit mis à la porte, comme nous à l'école quand le maître estime qu'un élève perturbe trop la classe et que le mieux est qu'il s'en aille.

Myriam pense que c'est en train d'arriver.

Alors, mon papa, bien sûr, il craque.

Je comprends pourquoi il m'a giflée l'autre jour. En fait, il devait avoir envie de frapper Laurence. Casser tout ce qui ne va pas.

Pauvre papa. Je ne lui en veux plus. Mais quand même, maman et lui auraient pu m'en parler. Les adultes croient toujours que c'est mieux de cacher les choses. Comme si de taire une cause gommait un effet. Un peu simpliste, non, leurs conceptions de la vie…

Quand je pense à cette lettre de démission que j'avais écrite… Maintenant que mon père risque vraiment de perdre son travail, je ne suis plus sûre du tout que ce soit une bonne solution, loin de là. Heureusement, finalement, que j'ai échoué sinon je me sentirais coupable. Il paraît d'ailleurs que Laurence a dit à papa que si la lettre était arrivée en ce moment, elle aurait accepté sa démission avec plaisir. Elle a même ajouté avoir été bête d'en rire avec lui, cet été, alors qu'elle savait déjà que des problèmes allaient survenir dans le service.

Je comprends maintenant pourquoi cette grosse patate avait été mal aimable chez nous la dernière fois. Elle devait commencer à s'inquiéter sur l'avenir de l'entreprise, ou plus exactement pour le sien. Mais cela ne l'excuse pas : moi, si j'étais chef, je protégerais mon équipe envers et contre tout, je ne chercherais pas à sauver ma peau en sacrifiant celle des autres, ou pire encore, en attaquant moi-même des gens dont j'étais proche. C'est triste de devenir comme ça. Je n'ai jamais beaucoup aimé Laurence, je lui ai toujours trouvé un air surexcité, mais je n'aurais jamais pensé qu'elle puisse agir ainsi. Myriam m'a expliqué que parfois, placés devant une situation difficile, les gens se métamorphosent en êtres méchants, et que notre père était victime de « harcèlement au travail » de la part de Laurence. Tu te rends compte, ça a même un nom...

Dans la série des choses désagréables, comme par hasard, maman et moi venons de rencontrer monsieur Bancal dans la rue. J'espérais qu'elle ne le verrait pas, mais au contraire, elle s'est avancée vers lui pour l'aborder. Pourtant, il faisait tout pour nous éviter. De mon côté, j'ai bien essayé de l'en empêcher, je l'ai entraînée vers un magasin, mais cela n'a servi à rien.

Maman lui a dit bonjour et s'est penchée vers lui tout en lançant un regard dans ma direction. J'ai immédiatement regardé ailleurs, fixant la devanture de la boutique devant moi. Persuadée que j'étais absorbée, elle lui a déclaré, d'une voix rapide, hachée :

– Écoutez monsieur, je suis sincèrement désolée de ce qui s'est passé le mois dernier et je vous présente mes excuses. Pour tout vous dire, mon mari connaît de grandes difficultés en ce moment. Il a des problèmes à son travail, il est menacé de licenciement et le vit très mal. Il a des réactions inhabituelles. Il ne faut pas lui en vouloir. Je voulais vous appeler pour vous en parler, mais je n'ai pas osé et avec tous mes soucis, j'ai oublié de...

Lui coupant la parole, monsieur Bancal a alors répondu :

– Madame, votre mari m'a insulté, et croyez-moi, de mon côté, je ne suis pas prêt de l'oublier ! Il s'est montré grossier à mon égard et je trouve ça impardonnable. Je peux comprendre qu'il ait des difficultés psychologiques mais vous auriez pu alors, effectivement, me contacter pour m'expliquer et me présenter des excuses. Franchement, je trouve ça d'une impolitesse ! Je vous téléphonais juste pour voir avec vous pourquoi la commode avait basculé.

–Vraiment, je vous le répète, je suis désolée. C'est tellement difficile pour moi aussi en ce moment ! Pour la commode, je ne comprends pas ce qui s'est passé.

Je sentais que maman allait se mettre à pleurer. Je pense que monsieur Bancal s'en est rendu compte lui aussi, car il a dit à ma mère, d'une voix un peu moins brusque, qu'il manquait des vis au pied de la commode et qu'elle avait dû tomber à cause de ça.

–Je m'en suis aperçu après avoir téléphoné chez vous. Mais nous n'avons pas retrouvé les vis dans la maison. Elles se sont probablement défaites pendant le transport.

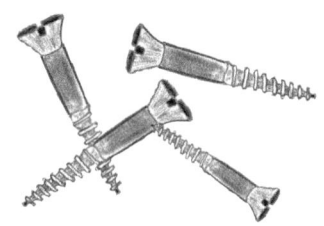

Maman lui a alors proposé d'en remettre d'autres et il lui a répondu sèchement que c'était fait depuis longtemps. On s'est quittés sur ces paroles.

Jamais le Temps!

Je me sens honteuse d'avoir enlevé ces vis. Je me rends compte que c'est complètement stupide d'agir comme je l'ai fait. Mes parents n'ont jamais le temps de s'occuper de moi, c'est vrai, mais je n'ai pas envie qu'ils aient des problèmes à cause de moi.

J'aimerais avouer à ma mère ce qui s'est réellement passé. Je crois que je me sentirais mieux.

Je viens de descendre au garage pour lui parler. Elle ne m'a pas disputée. Elle m'a serrée très fort dans ses bras en s'excusant. Oui, en s'excusant!

Elle avait les larmes aux yeux et m'a dit:
—Tu sais Virginie, il faut nous pardonner si tu trouves que l'on ne te consacre pas assez de temps. J'ai la chance de faire un travail qui me passionne et c'est vrai que je ne suis certainement pas assez disponible pour toi. Myriam est grande et parfois, nous oublions que toi, tu as encore besoin de gros câlins. J'aurais déjà dû le comprendre pendant les vacances, avec cette fausse lettre de démission.

Moi, évidemment, je n'ai rien répondu.

Je commence à comprendre que les choses ne se passent jamais comme tu t'y attends!

J'ai vu que maman fabriquait une belle boîte en marqueterie, assortie à la commande de monsieur Bancal. Elle m'a expliqué qu'elle était pour lui, afin qu'il leur pardonne leur impolitesse. Je ne suis pas sûre qu'il soit suffisamment content pour pardonner à papa, mais bon, je n'allais pas le dire. Brise-meuble, oui, mais pas brise-joie…

Jamais le Temps !

Jamais le Temps!

Moi aussi, j'ai du travail ! Le maître nous a demandé de commencer nos bandes dessinées. J'ai choisi mon histoire mais là, je n'ai pas le temps de te la raconter, c'est très dur à dessiner et il faut que je m'entraîne. Mes personnages sont tous des animaux et je ne sais pas encore comment en représenter certains.

J'ai besoin de beaucoup de temps.

CHAPITRE 9

Renversement de situation

C'est le monde à l'envers. Pauvre de moi ! Je suis sûre que tu ne peux même pas imaginer à quel point je suis à plaindre.

Comment ai-je pu avoir envie que mes parents me consacrent plus de temps ? Passe-t-on sa vie à attendre des choses qui, quand elles arrivent, ne correspondent plus du tout à ce que tu avais imaginé ?

Je n'en peux plus de mon père.

Il a perdu son travail et, depuis, il veut sans arrêt s'occuper de moi. Le monde à l'envers, je te dis !

Tout est arrivé très vite. Il est rentré un soir en disant que Laurence avait gagné, qu'il était renvoyé pour faute professionnelle. Il a reçu une lettre deux jours après. Une semaine effroyable a passé, il était d'une humeur terrifiante, à la fois triste et constamment énervé. Il ne fallait pas trop l'approcher, pire qu'un ours en fureur ! Je ne vais pas dire que c'était mieux, mais bon, là au moins, il ne me collait pas sans cesse.

Jamais le Temps!

Puis il a arrêté de se rendre au bureau. Or, il ne supporte pas de rester sans rien faire; donc, chaque jour, il invente de nouveaux trucs. Un véritable enfer.

D'abord, il vient me chercher à l'école, je ne reste plus à l'étude et ce n'est donc pas madame Renoir, la mère de Lysa, qui me ramène. Finis les trajets où l'on s'amusait comme des fous avec Lysa et Samira dans la voiture.

Ensuite, il reste sans bouger à côté de moi pendant le goûter. Figure-toi qu'il a commencé à se mettre à la cuisine. Résultat: il attend avec impatience que je m'extasie devant sa dernière invention: des madeleines pas assez sucrées ou brûlées en dessous, des crêpes épaisses comme mon livre de maths ou, pire du pire, son gâteau de riz. Je ne souhaite pas à mon pire ennemi de devoir le manger (sauf peut-être à Aurore).

Après, ce sont les devoirs. Il vient s'asseoir à côté de moi et veut m'aider. Mais je n'ai pas besoin d'être aidée!!! Je ne supporte pas ce petit air de supériorité qu'il prend pour expliquer.

L'autre jour, j'ai cru défaillir. Sais-tu ce qu'il m'a dit?

– Alors, ma Ninou, qu'est-ce qu'on a comme devoirs, ce soir? J'ai de l'histoire ou des maths?

Trop fort! Ce ne sont pas nos devoirs mais les miens!

Et le soir à table:

– Tu sais, Poupoune, Ninou m'a joué un drôle de tour, elle ne m'a eu que 14 à la dictée que j'avais préparée!

Tu te rends compte. Pour un peu, on pourrait penser que c'est lui qui l'a faite, cette dictée.

Jamais le Temps!

Quant au mercredi, fini le centre aéré avant le cours de danse, il s'est mis en tête de me sortir.

Comme le chien. Sauf que lui, il est content quand on l'emmène en promenade.

Tu veux que je te raconte ce qu'on fait, histoire de te faire rire?

On me cultive. Comme les légumes. Sauf que moi, ce n'est pas en plein air que ça se passe.

J'ai eu droit au musée de la tapisserie, à l'église au chœur gothique le plus haut du monde, à l'exposition de poteries et à la visite d'une usine de produits surgelés. J'ai cru vomir en voyant toute cette nourriture dans de gigantesques tubes. Si au moins il m'emmenait au parc de loisirs ! Mais non. Il dit qu'il est certes au chômage mais encore capable d'apporter quelque chose d'utile à sa fille. Myriam, elle, s'en moque, elle prétend qu'elle a du travail ou rendez-vous avec ses copines et ne vient jamais avec nous.

En plus, Lysa ne peut même pas nous accompagner, sa mère ne veut pas qu'elle quitte le centre aéré.

Le week-end, je ne suis pas la seule à souffrir de cet excès de présence et de déplacements. Je partage avec maman. Papa refuse catégoriquement qu'elle s'enferme dans son atelier, il prétend qu'il est important d'entretenir le contact avec la famille. Il s'est découvert, paraît-il, un nouveau sens des valeurs. Je ne comprends pas bien ce que ça veut dire, mais je sais par contre ce que ça implique :

• Aller déjeuner avec mémé à la maison de retraite et l'emmener en promenade toute la journée, alors que je sais pertinemment qu'après deux heures de visite, elle a besoin de se reposer et déteste monter en voiture.

• Assister au mariage du fils d'une vague arrière-cousine à trois cents kilomètres d'ici alors qu'on n'est même pas invités au repas et devoir refuser une soirée pyjama organisée par Samira.

• Revoir de vagues grands-tantes que je ne connais pas et qui visiblement auraient préféré ne pas nous recevoir, ou alors sans Topie qui n'apprécie pas les chats, et surtout le leur !

D'ailleurs, je devrais peut-être faire une pétition pour exiger l'arrêt immédiat des initiatives de papa, je suis certaine qu'ils signeraient tous ! Maman aussi

Jamais le Temps!

d'ailleurs, car elle ne dit rien mais je doute fort qu'embrasser une tantine couverte de maquillage lui plaise plus que d'enduire un meuble de cire!

Résultat, je n'ai plus une minute à moi. Je ne suis jamais seule. Dès que je veux faire quelque chose, il me dit:
—J'ai tout mon temps, je m'en occupe avec toi!

Je suis très embêtée car, avec tout ça, je n'avance pas comme je le souhaiterais sur ma bande dessinée.
Jamais le temps!
En plus, je ne veux surtout pas en parler à papa, il se mettrait en tête de choisir le sujet à ma place. Il chercherait à m'imposer ses idées, me conseillerait telle ou telle couleur et surtout pas celles que j'ai choisies. Je suis sûre qu'il adorerait refaire mes dialogues.
Ah non, pitié!
Alors je dessine en cachette. Je suis de plus en plus passionnée par ce travail. Je raconte l'histoire d'un poussin terrorisé par un ours, c'est papa qui m'y a fait penser, sans le savoir bien sûr, la fois où il a cassé son assiette à table. Dans ma BD, le poussin va finalement dompter l'ours et en faire son meilleur ami!

J'ai commencé par un dessin où il le rencontre dans la forêt et pense qu'il va l'écraser sous ses grosses pattes velues. Ensuite, le poussin se réfugie au pied d'un arbre et voit alors un beau serpent sur un tronc d'arbre. Je m'inspire de Kââ, dans *Le livre de la jungle*, pour le dessiner. Il est trop réussi mon serpent, quand il dit:
—Aie confiance, aie confiance, Poussin.
En fait, c'est un gentil serpent très cultivé qui lui apprend qu'il ne faut jamais avoir peur d'un plus gros

Jamais le Temps!

que soi en lui racontant une fable de La Fontaine, version Virginie. Le maître nous a conseillé d'utiliser des références à la mythologie, aux contes ou aux fables et de ne pas hésiter à les adapter, alors c'est ce que j'ai fait. L'ours, à la fin, passe son temps à bavarder avec le serpent pendant que le poussin s'active l'esprit en paix! Ça, je viens de le trouver.

Je suis obligée d'attendre que ce soit l'heure de se coucher pour enfin travailler. Mais ce n'est pas suffisant. Que c'est dur de ne pas pouvoir se consacrer à ce qu'on aime!

Je rêve d'avoir du temps pour moi.

Qu'on me laisse un peu seule.

Qu'on ne s'occupe pas de moi sans arrêt.

Qu'on m'aime de loin, quoi!

CHAPITRE 10

Course contre le temps

J'ai été obligée d'expliquer à mes parents que la vie ne pouvait plus durer comme ça.

Je ne sais pas si ça va servir à quelque chose, mais il faut bien que je les éduque un peu.

Trop, c'est trop.

Je viens de passer les pires vacances de la Toussaint de ma vie : papa et maman ne m'ont pas quittée une seconde. Les deux premiers jours, j'ai trouvé que c'était sympa de faire des activités ensemble. Mais le troisième, je craquais et rêvais d'un peu de solitude.

Quand je pense qu'ils ont même tenu à défiler avec moi à la fête d'Halloween ! Je sais bien qu'à notre âge, le soir, quand on va sonner chez les gens, des parents doivent nous accompagner. Mais dans « devoir », normalement, il y a l'idée d'obligation. Donc, d'habitude, les parents suivent de loin, sont là parce qu'il le faut ; ils regardent si tout se passe bien et ça s'arrête là. Crois-tu que les miens sachent ce que signifie « normalement » ? Non.

Jamais le Temps !

D'abord, papa a passé une journée entière à m'apprendre comment faire un costume de fantôme alors qu'il suffit de faire un trou dans un drap.

Ensuite, ils se sont déguisés et ont défilé avec nous. Je ne comprends pas mes copines qui les ont trouvés trop sympas. Moi, j'avais franchement la honte de les entendre hurler plus fort que nous : « *un bonbon ou un sort !* ».

Et ça a été comme ça jusqu'à la fin des vacances… Pas une minute à moi !

C'est affreux, maintenant, je n'arrive plus du tout à voir Lysa en dehors de l'école à cause du programme « non-stop » que papa m'impose. Je n'ai même pas pu

Jamais le Temps!

regarder une seule émission à la télévision depuis des semaines!

En plus, maman a moins de commandes en ce moment. Elle vient d'en terminer trois et s'accorde un peu de temps pour se reposer et être avec moi.

Avant, je rêvais de ces moments.

Aujourd'hui, j'attends avec impatience qu'ils se terminent.

Je n'ai jamais le temps de faire ce que je veux. Alors, je leur ai demandé de moins s'occuper de moi. Mais je ne sais vraiment pas s'ils vont en être capables. On dirait en plus qu'ils me prennent pour un bébé qu'il faut sans arrêt surveiller ou occuper.

J'ai fini par leur dire que j'avais un travail important à finir et que j'avais besoin de temps. Papa a été horriblement vexé. Bien sûr, il voulait savoir de quoi il s'agissait, et quand il l'a appris, il a commencé à me dire qu'il avait une idée géniale. Une histoire de robots qui se révolteraient parce qu'on leur demanderait je ne sais plus quoi. De toute façon, pas question que je l'écoute! Surtout maintenant que mes textes sont prêts! J'ai été très ferme dans mon refus. Maman, heureusement, lui a dit de me laisser décider seule. Le soir, il boudait! Comme un enfant!

Mais au moins, j'ai pu avancer... Quel travail, tous ces animaux à dessiner : ce sont eux qui me prennent le plus de temps. J'ai presque terminé : après, il ne me restera plus qu'à recopier mes dialogues dans des bulles, en haut de chaque vignette. Heureusement, car je dois rendre mon travail dans moins de quinze jours...

Le maître m'a dit que mon serpent avait un air craquant. S'il savait que je me suis inspirée de lui pour le dessiner!

Jamais le Temps !

*
* *

Deux semaines viennent de s'écouler, c'est incroyable, je n'ai jamais vu passer le temps aussi vite, sauf peut-être pendant les vacances de février, l'année dernière, quand mes parents avaient emmené Lysa.

Je n'arrive pas encore à croire à tout ce qui est arrivé depuis hier.

J'ai achevé ma BD juste à temps, et je tremblais presque lorsque, en classe, je l'ai tendue au maître. Bien sûr, il connaissait mon travail puisque nous en avions réalisé une partie en atelier à l'école, mais j'attendais avec impatience qu'il me donne son avis.

Et là, grand soulagement, il a eu l'air très content, il l'a regardée assez longuement et il m'a dit :

– Bravo, Virginie, le résultat est très réussi, c'est à la fois soigné et original. Je te félicite. Ton ours paraît vivant et il a un air presque humain ! Vraiment, toutes mes félicitations. Tu as dû passer beaucoup de temps pour parvenir à un tel résultat.

Il a alors expliqué à toute la classe, en me prenant en exemple, qu'il n'y avait pas de secret, que la persévérance et l'effort étaient toujours récompensés.

Trop cool ! J'étais sur un petit nuage ! J'ai failli lui répondre, à propos de l'ours, que c'était peut-être l'esprit de papa qui l'habitait, mais je n'ai pas osé !

Et attends que je te raconte la suite…

Comme monsieur Géry ne peut pas proposer les vingt-cinq BD à Angoulême, tu sais, pour le concours, eh bien, il a proposé que l'on vote pour choisir les dix plus réussies. Chaque élève devait élire deux dessins et nous comptions les voix. Je n'arrive pas à le croire, mon travail a été sélectionné par la classe. Je suis folle de joie ! Moi qui ai toujours l'impression que je fais moins bien que les autres, je n'en reviens pas. Le maître nous a expliqué qu'il était important de choisir les dessins qu'on aimait vraiment, et non pas parce qu'on était copain ou copine avec son auteur. J'ai eu la surprise de ma vie quand Aurore m'a appris à la récréation qu'elle avait voté pour moi ! Mais bon, elle a ajouté que même si j'étais douée pour le dessin, par contre, j'étais nulle pour plein d'autres trucs. Je n'ai pas été vexée car Aurore, c'est le genre de fille qui croit qu'être simplement sympa, c'est impossible : il faut toujours qu'elle critique.

Je suis tellement contente ! En plus, les choses commencent à changer à la maison.

Papa prend des contacts pour retrouver un travail. Il a plusieurs pistes. Il est très occupé entre ses recherches d'emploi et un dossier qu'il a déposé à une commission, je crois que ça s'appelle les Prud'hommes, pour contester son licenciement. D'après ce que j'ai compris, il a vu une avocate qui va s'occuper de sa situation. Il espère gagner un procès contre son ancien employeur car il aurait été renvoyé sans raison valable. Je crois que cette perspective lui redonne beaucoup de courage.

S'il gagne, il nous a promis un voyage à l'étranger, destination soumise au vote de la famille. Trop cool !

Depuis quelques jours, il passe beaucoup de temps devant l'ordinateur ou au téléphone. Il a des rendez-vous et il s'absente souvent. Il ne vient plus me chercher tous les soirs à l'école, et je peux de nouveau rester à l'étude avec mes copines. Il est de bonne humeur et il lui arrive de chantonner à table. On pourrait presque penser que c'est redevenu comme avant. Sauf que là, je suis contente, en fait !

Oui, vraiment, les choses commencent à changer…

Mais il y a quand même quelque chose qui m'inquiète.

C'est difficile à expliquer, mais j'ai l'impression que maintenant, il s'occupe sans arrêt de maman. Il la regarde d'un air curieux, je me demande ce qu'il pense.

Il veut tout faire avec elle ou à sa place.

Il l'accompagne pour faire les courses.

Il lui demande ce qu'elle a mangé le midi quand il n'est pas là.

Il lui dit de se coucher tôt.

Il lui parle comme si c'était elle le bébé de la famille et non plus sa Ninou !

Bon, je ne vais pas me plaindre, c'est bien plus agréable pour moi que maman ait pris ma place. Je la lui laisse volontiers, au moins, j'ai du temps pour moi. Mais je ne suis pas sûre que ma mère apprécie beaucoup ! Elle aussi a l'air bizarre en ce moment. Je me suis même demandé s'ils ne me cachaient pas quelque chose, tous les deux. Il faudra que je pense à demander à Myriam…

C'est curieux, quand j'y pense, moi aussi, je me sens drôle parfois.

J'ai été tellement occupée tous les soirs avec ma BD, je voulais m'appliquer, la terminer, et maintenant que je l'ai rendue, c'est comme si j'avais un manque.

Je m'ennuie.

Jamais le Temps!

Et si j'en commençais une autre?

Oui, c'est une excellente idée, ça. En plus, je pourrais l'offrir à maman pour son anniversaire, le mois prochain, je pense qu'elle serait contente. Elle aime toujours quand j'ai passé du temps à lui préparer une surprise.

Il ne me reste plus qu'à inventer une histoire. Un roi qui commanderait des meubles et... Que pourrait-il bien se passer?... Je vais y réfléchir!

Bon, au travail maintenant, je vais déjà faire des essais de dessins.

Épilogue

Nous avons eu les résultats du concours de BD, et, incroyable, j'ai un prix !

Le maître nous a appris que deux dessins de la classe ont été sélectionnés par le jury national, le mien et celui de Mohamed, un garçon qui ne dit jamais rien mais qui dessine merveilleusement bien. Franchement, je suis fière de moi ! Mes parents sont tellement contents qu'ils m'ont offert trois BD. J'ai même pu choisir celles que je voulais sans qu'ils s'en mêlent !

Il faut dire que les choses ont complètement changé à la maison…

Le mercredi, plus de sorties avec papa, je retourne au centre aéré avec Lysa, Marion et Samira. On passe vraiment de bons moments ensemble.

Mes parents ont aussi accepté de m'inscrire à des cours de dessin : le rêve ! On n'est pas sûrs qu'il reste des places, mais nous allons essayer. Et l'année prochaine, je peux arrêter la danse.

Le week-end prochain, pas de sorties en famille : je suis invitée par les parents de Lysa.

Jamais le Temps!

Pour les prochaines vacances d'été, j'ai le droit d'emmener une copine. Évidemment, tu sais qui ce sera! Trois semaines ensemble sans se quitter, quel plaisir!

Par contre, si papa gagne son procès, je ne sais pas quand on fera le voyage qu'il nous a promis...

... car, drôle de nouvelle, maman attend un bébé.

Oui, tu entends bien, je vais avoir un petit frère ou une petite sœur.

Je ne sais pas encore ce que j'en pense.
Peut-être que je pourrai:
Lui apprendre à faire le grand écart.
Réciter l'alphabet en rotant.
Choisir ses habits.
Lui inventer de belles histoires et les lui dessiner.

Jamais le Temps !

Et s'il, ou elle, m'imite, je ne dirai rien.
Je prendrai le temps de m'en occuper.
Enfin, j'essaierai…

Tables des matières

Chapitre 1	Pauvre de moi !	7
Chapitre 2	Un stratagème génial	13
Chapitre 3	Un avenir radieux	21
Chapitre 4	Un plan qui échoue	26
Chapitre 5	Triste vie !	34
Chapitre 6	La folie gagne !	41
Chapitre 7	Rien ne va plus, sauf...	48
Chapitre 8	La clef du mystère	55
Chapitre 9	Renversement de situation ..	63
Chapitre 10	Course contre le temps	69
Épilogue	....	76

DÉPÔT LÉGAL
Janvier 2007
réédition janvier 2017

Imprimé par Books on Demand GmbH, Nordertedt, Allemagne